시간은 나를
기다려 주지 않는다

손영호 제2시집

시음사
시사랑음악사랑

시인의 말

나는

자연의 세계에서 자연과의 삶이 참 행복합니다

누구도 터치할 수 없는 공간 속에서 저만의 생각과 자연의 계절을 번갈아 공유하며 글을 쓸 수 있다는 것이 저는 참 즐겁습니다

오늘날 깊은 삶 속에서 허덕이다

긁히어 상처 난 곳을 글로 치유할 수 있다는 것이 자연이 주는 최고의 선물이 아닐까

저는 이렇게 생각합니다

앞으로도 늘 자연과 더불어 마음의 치유 속에서 행복을 느끼며 오늘을 살아가듯이 내일도 이렇게 살아갈 것입니다

자연의 행복을 느끼면서,

시인 **손영호**

* 목차 *

* 목차 *

* 목차 *

QR코드) 스마트폰으로 QR 코드를 스캔하면 시낭송을 감상할 수 있습니다.

제목 : 침묵의 느낌
시낭송 : 박영애

제목 : 끝이 보이지 않을 때
시낭송 : 박영애

제목 : 나는 한 사람의 시다
시낭송 : 박영애

제목 : 가을 고독
시낭송 : 박영애

제목 : 추억의 그늘에서
시낭송 : 박영애

제목 : 마음이 따뜻한 사람
시낭송 : 박영애

제목 : 뜸들이는 인생
시낭송 : 박영애

시집 본문 시낭송 모음

회룡포

물길 둘러싸인 회룡포

돌고 도는 강물아

물길 바라보아도 천년의 세월

너는 그대로인데

저 강물은 굽이굽이 어디로 자꾸 흘러가느냐

하늘빛 구름 빛 바라보며

회룡포 모래밭에

알알이 새겨

씻겨가는 역사의 흔적들이

매일 저 강물 돌아가듯

또 흘러가고

또 흘러온다

회룡포로,

사계의 느낌

물소리 새소리
청정한 울림소리에
고요히 눈을 감고
이곳에 명상을 느껴 본다

봄이면 봄꽃을
여름이면 울창한 숲길 계곡
가을이면 오색의 숲길을
겨울이면 앙상한 계곡의 풍경화
마음에 수놓아
사계의 빛을 느껴본다.

시간은 나를 위해 기다려 주지 않는다.

멈추지 않고
자꾸 가네
저 강물처럼
흐르며 가고 있네

삶에
영탁함 없이
세상 속에 스며들게 하고
숨 막힌 절박한 공간 속에서
풀뿌리처럼 엉키어
서로를 응집하면서 살아가고 있네

가끔은 바람처럼 흐르다
갈대처럼 흔들리고
구름처럼 흐르다
빗물처럼 흐르기도 한다

때로는
공허한 마음속에
너라는 희망가를 채워
부식되지 않게 마음으로 간직하고 싶다
절명의 순간들까지

그것도
어쩜
내 삶의 권주가로 흘러가는
시간 속에 세월
그 시간은
나를 위해 기다려 주지 않는다.

외로움은 늘 혼자이다

세월 속에도 피어나는 아름다운 꿈이 있고 칠흑 같은 암흑
의 어둠이 있다
아무도 모르는 고즈넉한 공간에서 암울하게 울부짖으며 가
슴을 지어 뜯는 아름다운 붉은 꽃 한 송이처럼
세월의 빛을 잃고 하늘의 빛마저 감춰진 구석진 곳에서 슬
픔을 잊지 못하고 아픔을 삼키고 있다
울분의 원혼들이 내 마음을 지어 짜면서
파도처럼 일렁이는 마음속에는 포부의 깃발이 숙어지고 숙
연한 곳에서 생명의 아픔을 쪼개며 살아가고 있다
꿈과 현실 속에서 오가며 삶을 구축하듯
늘 외로움의 생은 참 견디기가 어렵구나!

침묵의 느낌

사뭇
흐느끼는 느낌만 들어도
마음이 괴롭습니다
괜히 이유 없이 우울할 때도
느낌의 소용돌이에서
허우적거릴 때가 바로 외로움이 아닐까요

생각의 선상에서 바라보다
그 괴로움과 외로움들이
마음으로 느껴질 때
이유 없이
슬픔과 아픔들이
마구 내게 흐르는 것도
그 흐느낌의 이유입니다

시간의 흐름이 고요할 때
더욱 가까이 다가오는 형성들이
고요의 침묵이라
그 침묵 속에 사연들
감정의 울을 깨뜨려야 만이
화려한 빛의 꽃을 피울 수 있겠지요.

제목 : 침묵의 느낌
시낭송 : 박영애
스마트폰으로 QR 코드를 스캔하면
시낭송을 감상할 수 있습니다.

가을에 떠난 사람

가을을 쓸쓸하게 남긴 사람

낙엽 따라 가버렸네

곱게 물든 단풍잎에 외로움을 남겨 놓고

뚝 떨어진 슬픔은 가을로 남았네

측은히 바라보는 이슬 서린 눈동자에

떠나는 낙엽처럼

가버린 가을 사랑아

걸음걸음마다

남긴 외로운 고독이

가을 거리에 홀로 남겨둔 채

가을바람과 함께 사라지고 말았나

슬픈 고독을 남겨 놓고

낙엽으로 떠났네!

인생

걷다
뛰다
앉아 쉬면서
길게 돌아온 길이
바로 여기던가
허덕임에 지쳐
인생 난간 잡고
외로워하는
내 생의 삶이
너무 허무하구나

인생
바람처럼 흘러간다지만
꿈같은 세월
너무 짧기만 하다

봄꽃 피었다
지는 것처럼
그렇게
인생 흘러가는구나!

봄 향기

너는
향기 품은 봄이다
꽃 내음 풀 내음
땅속에서 피어나는
속 내음까지
온통 봄이 왔다

여인네 옷자락에
꽃물 들고
파릇한 싱그러움에
포동포동 볼살까지
상큼한 봄이 왔다

나비야
소녀야 어서
봄나물 캐러 가자
냉이
달래 캐러 가자.

낙화유수

꽃이 피고
나비가 날고
봄은 지나가고
세월의 잎만
무수히 떨어져
저 강물에 유유히
흘러가는
인생
낙화유수로다.

너를 보내고

너를 바다에

뿌렸더니

바다는 나를 자꾸 오라 하고

너를 산에다

묻었더니

산이 나를 자꾸 오라 하네

영혼의 깃은 모두가 하늘로 오라

구름이 되고

비가 되고

모두가 자연으로 돌아가

한 줌의 흙이 되어

그 세월의 꿈

공상으로 묻혀가는구나!

봄나들이

봄이다
꽃피고 풀잎 피고
봄바람이 분다

따스한 햇볕에
너울너울 춤을 추고
꿈 한 아름 안고서
꽃동산에
봄나들이 간다

거리에 형색의 꽃들이
참 아름답다

향기 가득한
물빛 어린 계곡에
방울방울 매달린
풀잎 이슬이
똑똑 떨어지면서
봄이 왔다고 알린다.

인생무상

삶이 떠난다
인생도 떠난다
지금까지 무게에 견뎠지만
가벼운 마음에
모두가 덧없이 떠나간다

봄으로 떠나고
여름으로 떠나고
가을이면
바람으로 훨훨 떠나가네
인생무상
내 몸 홀로 두고
바람으로 떠날까
구름으로 떠날까
저 허공에
백조의 마음으로 떠나가리.

꽃

꽃도
밝은 빛이 비춰야 아름답다
마음도 빛을 보면
즐겁듯이
너도 웃는 모습이 아름답다

꽃은
향기를 품어야 꽃인 게지
향기 없는 꽃은
벌 나비도 찾아오지도 않는다

너도 꽃이 되고
아름다운 빛이 되고
향기 나는 여인이어라.

행복

아름다운 빛이 보입니다
평온의 길처럼
매일 지나고 오는 객 길에
꽃길로 가득 채워집니다

행복의 수를 놓고
향기 풍기는 국화꽃으로 매워
뜰에 가득
너와 나 꿈을 지피고 싶습니다

풀잎에 이슬처럼
맑은 미소를 지으며
행복의 보금자리로
꿈 나무의 뿌리가 되었으면 좋겠습니다.

추억의 그늘에서

세월의 무게는 살아갈수록 무거워진다
번뇌의 잎을 떨구고
하늘빛처럼 청순함을 바라보며
티끌 없는 마음 심는다

저 푸른 솔 내음 맡으며
너에 그 청초함이
내 마음에 가득 쌓일 때
경건한 마음
새 새싹의 그리움이 촉을 틔운다

바람이 불어
흔들리는 가지마다
그 향기 품어 내는
그리움 때문에
그때 그날의
아름다운 추억의 노래 부르며
오늘의 삶을 연상시킨다.

제목 : 추억의 그늘에서
시낭송 : 박영애
스마트폰으로 QR 코드를 스캔하면
시낭송을 감상할 수 있습니다.

삶

삶의 자락에
꽃병 하나를 두고
그 꽃병에 무슨 꽃을 심을까
매일 생각하다
나
인생의 꽃을 심었다
화원의 꽃병에
내
삶의 꽃 키우며
웃음 가득한
행복의 꽃으로 활짝 피운다
사랑이란 그곳에
그 이름 적어 두고서.

풍광의 깃

이곳에 앉아
풍광을
시야의 액자에 넣고
명상으로 떠오르는 감성들을
저 허공에 적어넣는다

밝은 빛으로 수놓고
기쁨의 형색으로 덧칠하여
보는 것들을
마음으로 쓰고 읽어 본다

사물의 형체들이 꽃이 되어
지나가는 바람에 풀잎 스치며
풍광
그림의 깃들이
물결치듯 너울거린다.

나도 한때는 꽃이었다

나도
한때는 아름다운 꽃이었다
꽃은 피고 진다
그리움 가득 남기고
세상 속으로 꾸밈없이 흐트러지고 만다
모든 일을 사임하고
바람과 함께 사라지듯
저 마른 꽃잎도
세월의 잎으로 떠나가는가
청춘
꽃의 씨앗을 뿌려 놓고
지금은
울안에
뜰의 보금자리로 남으려 한다.

그대를 사랑했으면

나 그대 사랑했으면 참 좋겠다
서로 이유도 묻지 말고
그냥
마음으로 사랑했으면 참 좋겠다

서로의 진실 속에서
눈웃음 지으며
첫사랑인 것처럼
그렇게
사랑했으면 참 좋겠다

내
마음 가득 품은 사랑이
저 밤하늘에
반짝이는 외로운 별이 아니라
꽃의 향기 품은
그대였으면 참 좋으련만

그렇게
둘이 사랑했으면
참 좋겠다.

연호정

솔향 풍기는 운치에
달빛 머금은 은빛 호수
사이사이 피어오른 연꽃잎
전설 속에 스민다

옛 성연의 자리
여기저기 쪼개진 불빛들이
저 호수에 잠겨
연 풍경을 포근히 감싸 안고

연호의 줄기에 매달린
언어의 감언들이
호수의 씨앗으로
연호정 이랑에 뿌려
새로운 새싹의 촉을 틔운다.

장미의 꽃

장미꽃이 이쁘다
가시가 돋쳐 잡아 줄 수가 없다

정열은 마음 가득한데
넝쿨째 가슴에 품어 붉게
물들고 싶은데

뜨거운 열정의 꽃
저 뙤약볕 가득 스미었네

마음 활활 타오르는
불꽃의 장미처럼

붉은 순열의 줄기 속에
활화산처럼 피워 오른다.

초원

철없는 망아지처럼
저 넓은 초원의 대지 위에
마음을 띄우고
청초한 풀잎 위에 누워
저 푸른 하늘의 빛을 한껏 품어 본다

눈 부신 햇살
해맑은 미소
웃음 띤 얼굴엔
하얀 꿈의 꽃이 피어나네

초원에
빛이 스며든
주름진 내 마음에도
그 누구의 안식처가 된다면
나는 가만히
그 빛의 그늘이 되어 주리다.

세월 잊고 산다

나는
오는 날 기다리지 않는다
오늘이 오면 오늘을 살고
내일이 오면 내일을 산다

매일 날을 기다리면
그 수 만큼
내 삶의 날이 지나가기에
나는 슬프다

하루의 고해(苦海)에
이별의 뜻이 있기에
나는
저 오는 날
저 가는 날
그저 잊고 산다

하루
마음의 행복을
축복하며
오늘을 아름답게 살아간다.

임에 향기

새싹 잎 돋을 때
봄님
꽃 마중 가던 날
살갗에 부딪히는 봄바람은
임에 살갗 같아라

꽃
그리움으로 반기며
연신 살랑거리는
봄기운의 아지랑이
그대 속살
간질이다
씨방에 입술 대이고 말았네!

끝이 보이지 않을 때

마음으로 세상을 보고
마음으로 삶을 주워 담는다

긴긴날 곱씹어 세월 삼켜도
아픈 가슴에
이슬 꽃이 피어난다

바람이 불면 슬픔으로 떨어져
견뎌내지 못한 아픔들이
내 삶 속에 스며들고 있다

세월
가다가 발걸음이 멈춰
저편 멍한 이 바라보아도
무한의 길이고
끝이 보이지 않는
그곳에서
곰삭은 세월이나 한번 돌아보자!

제목 : 끝이 보이지 않을 때
시낭송 : 박영애
스마트폰으로 QR 코드를 스캔하면
시낭송을 감상할 수 있습니다.

5월 8일 날

살아생전
불효한 마음 용서 빕니다
비 올세라
바람 불세라
근심 걱정 다 하시더니
다시 못 올 요단강 건너
떠나셨나요
이 자식 가슴에 한을 어찌하오리까
생전에 지은 죄 용서하오소서
빌고
또
비옵니다
어머님
오늘도
이 불효자는
어머님 생각에 눈물 흘립니다.

저 하늘에도 꽃은 필까

나는
습관처럼 하늘을 바라보곤 한다
텅 빈 하늘이지만
많은 걸 생각을 하지
어쩜
저 넓은 하늘에
내 꿈을 담아 놓은 건 아닐까
외로운
그곳에도
꽃은 피지 않을까
외로움을 달래고
언젠간 빛이 밝아지면
저 하늘에도
아름다운
밝은 꽃은 피겠지.

아픔

내 마음도
저
높푸른 하늘만큼 펼칠 수 있다면
눈 뜨고 보지 않아도
세상 모두 다 포용할 수 있을 텐데

구름에 덮여 보지 못한
그 슬픔
눈물만큼이나
어느 한쪽 가슴에 숨기고
그 옹알이로
내 아픔이 또 남겠지

저 넓은 바다
저 높은 산
흐르다 부딪힌
그 삶의 원성들이
말끔히 쓸려 갈 때
내 마음은
평화의 꿈일 테지.

봉제

실 그림 그려
펼쳐 놓고
온몸에
아름다운 칠을 한다

재봉에 송곳질하여
육신의 가면을 덮는
의연한 의복이 되었다

나의 겉치레
세상 보는
저 아름다운
예의의 빛이 되누나!

비 오는 날

요란하게
두드리는 소리에
고요의 침묵이 깨어져
허공으로 떨어진 빗줄기는
땅바닥에서 구슬 튕기듯 구른다

창가에 떨어져 흐른
애틋한 빗물이
나에
온몸을 에워싸
슬픈 표정의 감정들이
찻잔에 매달려 있다

고독의 폐부들이
비 오는 날
접어놓았던
감정 떠올리며
회심의 슬픔을 삼킨다.

오월에 향기

오월이면
고을마다
아카시아 향기가 풍기는 계절
향기 따라 걷다 보니
그 향기 가득 담았네

저 햇살에 비친
푸른 계절 머금은 향기
골바람에 가득 실어
너 있는
곳으로 보내어
네 몸에 향수 잔뜩 뿌리리라

오월의 봄
다 주워 담아
너와
저 푸른
청춘의 오월이 되고 싶다.

태양

저 동녘의 빛이
새로운 오늘의 운기 피어난다
온몸 파고든 너에 기운은
내 온몸 채색의 빛이 되게 하고
둥근
저 태양의 광채는
저 먼 수평선 너머에서 자라
파도에 떠밀려
저기
출렁이는 바다를 가르며
저 높은 동녘 하늘로 기어오른다
하루 힘찬 기상의 빛으로.

마음이 따뜻한 사람

청초한 빛 속에
보석의 방울처럼
반짝반짝 빛나는
그대 마음이 참 아름답습니다

가슴 촉촉이 젖은 곳에
하얀 마음의 손으로 어루만져
따뜻한 미소의 향기를
내게 준
그대가 참 아름답습니다

세상 힘든 짐 짊어지고
지쳐 쓰러질 때
내게 살며시 다가와
마음으로 안아준
그대가 참 아름답습니다

그런 당신을
내 마음
늘 위안으로 삼고
이 세상을 힘듦 없이 살아가고 있다고
그대에게 말해주고 싶습니다
늘 고맙다고.

제목 : 마음이 따뜻한 사람
시낭송 : 박영애
스마트폰으로 QR 코드를 스캔하면
시낭송을 감상할 수 있습니다.

벚꽃

한순간에 피었다
한순간에 지고 마는가

어쩌다
겨우내 응고의 인내를 겪고
따뜻한 봄꽃으로 피어
그 아름다움을 자랑하다
한순간에
흰 눈 퍼붓듯
거리에
뚝뚝 떨어지고 있나

내
봄 설렘의 가슴이
따뜻한 봄꽃에 휩싸여
저 떨어지는
꽃잎처럼
거리에 이리저리 나부끼고 있다.

고통의 한

긴 세월 속에 내 삶은 빗물 머금은 시간의 이별이다

주어진 만큼 내 삶을 살지만 꽃이 피고 낙엽 져도 내 등 뒤에 그

림자는 눈물 흐르는 흐린 빛의 어둠뿐이었다

해가 뜨는 날과

해가 지는 날들이

반복되어도 내 어둠의 숲에는 늘 주정의 세월에 슬픈 눈물의 한

탄뿐이었고

고통의 한을 한 잔씩 삼키며

세상을 저버리고 살아가지만

마음에 슬픔을 참지 못하고 울분은 그만 토하고 만다

가슴아 퍼부어라

나를 감싸고 있는 인고에 폐부들을 눈물로 모두 틀어 버려라.

내 안에 너

허허한 생각에
늘
내 안에서
넌
그리움으로 살아가네

왜
내 마음은
너를 잊지 못할까

그리움에 앞서
나는
너를 내 마음 한쪽에 가두고
늘 삶을 지속시켜가는 나

아쉬운 미련 때문에
나는
늘
내 안에서
너를
영혼의 꿈으로 키워가고 있다.

유혹의 향기

꽃잎을 어루만지다
살며시 입술에 대어 본다
코끝으로
유혹의 향기를 감미하면서
조용히 눈을 감고
이 봄이 참 아름답다는 걸 알았다
느끼고
보고
사랑하는 것은
아직 꽃의 젊음이 살아있다
지난 그 시절의 향기
그 추억
꽃을 보면
그
그리움들이 생각난다.

백의 천사

찬란의 빛
따뜻한 백의의 천사
손길마다
순정 어린 마음
금 없는 눈길마다
사랑의 미소로 바라본다

꽃처럼
화사한 마음은
향기와 함께 선사하는
여인에 눈꽃
바람으로 살며시
내 품으로 내려앉네!

청춘은 지나고

그냥
세월에 기대여
의미 없이 지나온 푸른 시절이
연 꼬리 잘리듯 잘려 버렸네

시작도 끝도 없이
인생에 매달려
삶의 길을 걷다
엇갈린 박자 속에
내 청춘이 지나가고 말았다

저
푸른 노송 되어
쓰러지는 것처럼
내 인생도 곰삭듯
젊음이 꺾어지고 마는구나!

첫사랑

하루가 가고
또
하루가 간다

너는
나를 잊었겠지만
나는
너를 기다림에
하루의 시간이 짧다

내가 기다리는 건
너뿐
오늘도 기다리고
내일도 기다린다

아마 난
평생을 세월과 함께
널 기다리며
살아갈런지 모르겠다

난 널
사랑하니까?

노을을 그리며

인생의
첫걸음은 꿈이어라
밝은 빛을 쫓아 가슴에 안고
뛰며 걸으며
허덕이는 숨소리에
목마른 갈증까지 느낀다

푸른 하늘 바라보며
희망에 꽃들을 피우고
총총 맺힌 알알들이 뜨거운 햇살에 영글어
세월을 영접하며
고개 숙인다

저녁 노을빛 그리다
어둠이 내리면
꿈을 내려놓은 채
어느덧
잎 떨어져
걸음이 멈춰지네!

봄이 왔다

봄이다
너보다 더 빨리
꽃들이 봄 마중 나왔네

남쪽에서
불던 봄바람이
지금은
성큼성큼 뛰어
여기까지 달려왔구나

산엔 진달래
들엔 개나리
울 밑에 하얀 목련까지
봄이 왔다고
방긋 웃음 띠며 피어오른다.

나는 한 사람의 시다

나는 한 사람의 시다
세월을 하나하나 꺾어
그 위에
나는 시를 쓰고 있다

구름처럼 슬픔이 흐르다
바람처럼 구름을 몰고 가는 인생같이
창공에 뿌려진 티끌처럼
허공에서 날다
한 사람의 시로 남아 바람으로 떠다닌다

저 빛이 흐릿하게 뭉개지고
내 인생이 낡아 떨어지고
바람이 확 불어
쾌청한 창공을 바라볼 때
나는 한 사람의 시가 되어
허공에서 훨훨 날아다닐 수 있을까?

제목 : 나는 한 사람의 시다
시낭송 : 박영애
스마트폰으로 QR 코드를 스캔하면
시낭송을 감상할 수 있습니다.

도피적 사랑

불같은 열정
어두운 밤의 요정 되어
아름다운 사랑의 문을 두드린다

자아 현실의 도피에
인간적 의식 구조로 삶을 영위하기 위하여
숨겨야 하는 사랑의 이유

행복의 바탕을
시선의 집중을 피하여
어두운 밤 인적 회피하면서
숨겨야 하는 사랑의 이유

이 모두가
아름다운 사랑의 죄의식을 소유하고 있기 때문이다

누군가를 사랑하면
꽃 보듯 아름답고
날아갈 듯 즐겁고
행복하다.

삼월의 향기

첫 꽃이 피는
첫 향기는
그 임의 향기인가 봅니다

추위에 떨면서 피는 꽃은
그 향기도 아주 짙어
임의 꽃이라 부르지요

춘삼월은
언제나
내가 기다리는
임이 오는 계절입니다

꽃향기 안고
자박자박
지금도
내게 걸어오고 있어요
삼월의 봄이.

바둑

두 뼘 남짓 되는 곳에
흑과 백의 결투
필생과 즉사의 대결
사각진 좁은 면적에
삼백육십 한 수의 경지에서 서로의 경계선을 친다
혼신의 힘으로 한판의 지혜를 펼친 승과 패배
짧은 시간 속에 승부의 욕구를 다 채워 나간다
바둑은
나의 지혜이다.

꿈 찾아가는 인생

바람도 가고
구름도 걷히고
이젠 나는 꿈 찾아가는 인생
하염없는 발길 멈추고
꽃길 따라
낙엽길 따라
꿈 찾으며 흘러간다

홀로 인 듯
둘이 인 듯
세월 따라 흘러가지만
바람도 가고
구름도 갔으니
이젠 나 홀로 꿈을 찾아가야지

그리움도 세상에 모두 묻어 서니
나는
내 마음에 흐름 따라
꿈 찾아 떠나간다

찬란한 빛 속에
꽃 꿈
가을 낙엽 꿈 찾으리.

촛불

숙연한 마음으로
정숙하게 마음의 불을 피운다
촛불에 녹아내리는
까닭 없는 속 쓰림에
구원의 빛을 불어넣는다
속죄의 어둠에 터널을 넘어
평원의 깃발을 들고
염원의 기도를 드리는 성불의 통찰
마음에 쌓아 두었던
고전적 의식들을 녹이면서
불에 타 떨어지는 촛농처럼
내 마음도 모두 촛불에 녹아
촛농이 되어 떨어진다.

봄의 향연

이슬 송송 맺힌
넓은 초원에
낙원의 희망이 꿈꾼다
무지갯빛이 서릴 때면
아름다운 빛의 새가 되고
아지랑이 모락모락 피어오를 때면
하얀 나비가 너울거리며 춤을 춘다
대지의 울림에 생명이 움트고
꼬물꼬물 피어오른 초야에 풀잎들이
파란빛의 하늘을 보며
생기의 미소를 띤다
향연의 봄처럼,

긴 끈

긴 세월의 끈을

연줄 풀듯 술술 풀어 놓고

삶의 인생 매듭들을 풀려니

풀 수가 없다

너와 나의

인연 줄이 고래심 같이 질겨

끊어지질 않듯이

강물이 흐르는 유유한 길을 걷듯

인생 세월 따라 그렇게 흘러간다

긴 끈의 타래 속에 삶을 동여맨 채

허술한 세월은 자꾸 감고 또 감긴다

하루를 감고 나니

내일이 또 기다리고

내일의 희망은

또 매듭되어

묶여 버리고 마는구나!

이곳에도 봄은 왔다

남쪽에 봄소식이
여기에도 봄 향기가 톡 터진다
조잘거리는
새 우는 소리 들어 보면
어느새
내 마음도 봄은 와있구나
저 길거리
바람의 향과
꽃잎 입맞춤에
임 부르는 새내기들
멍울진 가슴에도
봄은 흠뻑 젖어 있다
희망에 뜬 풋 가슴에도
꽃물 들듯
나도 불어오는 바람에
봄 색으로 단장한다.

오늘도 걷는다

삶에 기대며
오늘을 또 품는다
세월 달리고 뒤를 쫓아가는
나의 발걸음은 천근의 중력

세월도
내 삶의 깊이에 뿌리를 박고
나이에 자양의 진액을 빨아 삼키듯
인생 춘풍에 봄꽃 피우며
너와 나란히 걷고 싶구나

희망의 양을 부풀리어
인생 발걸음은
너와
저 봄과 같이하고 싶다.

비석

삶이 꺾이고
영혼의 자유로움이
비석의 기둥으로 서 있구나

육신이 진토 되어
넋이 떠돌아
아름다운 강산에
비석의 이름이
바람에 긁히고 이슬에 씻기는구나

저 낮의 빛과
저 달의 빛을 받으며
영혼이 잠들고
조용한 산 기석에서
넋의 망부석 비석이 되어 있다

영원한
꿈의 세상에서
영혼의 잠을 자고 있구나!

그대 곁에 머물고 싶다

저
새처럼
나도 자유의 날개를 달고
그대 있는 곳에 훨훨 날아가고 싶다

저녁 노을빛 피는
저 아름다운 강변에
무지갯빛
가득 안은 채

소녀의 꿈처럼
황홀에 빠져

꽃피면
꽃잎 따다
꽃향기 뿌리고

그리운 임 손 잡고
사뿐히 걷고 싶네

봄 따라

임 따라

나는 가고 싶다

그대 사랑이 있는

곳에서

조용히 머물고 싶다.

찻집

따뜻한
차 한잔 놓고
소곤 되는 마음
커피잔에 모락모락 피어오르는 찻집에 향기

조용한 카페 음악 소리에
귀 기울여 듣는
속삭임은
너와 나
그 찻집에
아름다운 향기입니다.

잊으리

꽃이 피면
봄이라 하겠지
내 마음은
아직도
네 곁을 떠나지 못한 차가운 겨울인데

꽃피고 새가 울면
마음에도
따뜻한 봄처럼 녹을까

그리움
외로움
모두가 나의 슬픔인데
이젠 그만
잊으리

꽃피면 꽃 따라
새 울면 슬픈 노래 따라
그렇게
잊으면 살련다.

산턱에서

청산은 비어 있는데
바람만이 세차게 지나가고
풍의 울음소리는
그치지를 않는구나

폐부의 원성들이
극에 닿을 적에
험산 한 나뭇가지
산까치만 울부짖는다

산 그늘
고요한 밤이 되면
달님만 오락가락하겠지

하늘 보며 그리운 것은
옛 임에 추억뿐이오.

봄

꽃을 보았다
긴 겨울을 깨고
속살을 내민 찬란한 빛
봄에 아름다운 새 꽃이 피었다

봄날 나래 펼친
저 창공에 아지랑이
푸른 하늘빛에 춤을 추고
갓 태어난 노랑나비 날갯짓에 높이 비상(飛上)을 한다
저
태양의 빛 속으로...

저녁 강가에 홀로 앉아

세월 한 조각 집어
저 강물에 던져 놓고
물빛에 어리는 조각난 달을 바라보고 있다

캄캄한 밤 은빛 일렁이는
물결 위에 수심을 심어 놓고
윤슬의 이랑에는
내 마음을 뿌려 달빛 꽃 피우고 싶구나

시간의 흐름 속에서
허탈한 잡념을 버린 채
과거의 체념에 사로잡혀
마음의 바탕을 자꾸 흐리게 하고 있다
강물에 씻긴
저 달빛처럼.

내 삶을 적다

나는 글을 쓰는 것이 아니다

내 마음에 담아 놓은 생명수 같은 삶을 적는 것이다

쌓여있는 마음의 양식을 분출하여

하얀 백지 위에 인생을 소상히 그린 세월의 흔적이다

심상에 담아 두었던 옛것들이

홀가분하게 마음으로 표출해

세상 아름다운 빛으로 하나씩 널어놓는다

깊은 계곡에서 흐르는 물같이

오르면 오를수록 물살이 세어지는 것처럼

내 마음에 양식도 쓰면 쓸수록 깊이의 강도는 강해진다

잘 다듬어진 쇠붙이같이

그렇게

내 삶을 적고 있다.

둥지

울창한 숲속
바람에 흔들리는
작은 나뭇가지 위에
작은 새가 둥지를 틀었다

살며시 다가가자
울부짖는 경계심에 나는 놀라
걸음을 멈추고

작은 둥지를 바라보니
올망졸망한 새끼들이
어미의 신호에 놀라
꼼짝도 하지 않고
둥지에 웅크리고 앉아 있구나

작은 미물에게도 행복을 느끼며
사랑의 울을 치고
살아가고 있네!

약속

그 어느 때 일이던가
참 아름다운 날
수줍어 고개 숙여 하던 말
난
널 사랑해
첫사랑에 고백이었나 봐

많은
세월 속에 묻었지만
너와 나
약속 잊을 수 없었다

그래도
변함없이 세월은 지났지만
난
널
그 약속 지키고 말았네
이 시간까지
널 사랑했으니까?

홍매화

겨울 속에서
겉잎으로 움켜 쌓인
꽃망울
향기 품은 속살을 세상으로 퍼트리기 위해
긴 겨울 시름없이 지내온 홍매화
불그스레한 꽃잎에
노란 암술이
이른 봄바람에 연신 향기 품어 내고 있다

아른거린 아지랑이 속에
꽃가지 흔들며
툭툭 터진 홍매화
갓 깨어난 벌 나비도
임 반갑다
입맞춤하네!

동녘의 희망

동녘을 바라보며
늘 해가 뜨고 지는 걸 본다
동심의 꿈을 실어
저편 하늘에 심어 놓고
오늘이 아닌
내일을 기다려진다

새로운 희망에 나래 펴듯
가슴에 여며 오는
세월의 한탄
저편에 훌훌 털어 버리고
여명의 빛으로
꿈을 가득 안아 본다

하루가 지나고
서녘으로 돌아서서 바라보는
쓸쓸한 마음
하루를 조용히
빛을 가려 갈무리하고
오늘 아닌
내일을
또
기다린다.

봄이 오면

겨울이 가면
네겐 무엇이 올까
산과 들엔 봄꽃이 피고
냇가엔 냇물이 졸졸 흐르는 소리에
버들강아지도 눈을 뜨겠지
내 마음에도 봄은 찾아올까

이산 저산 아름드리 진달래
노란 개나리꽃
뻐꾹새 울음소리
봄 나비 춤을 추며
아지랑이 피어오르는 곳에서
나도 나비처럼 춤을 추고 싶다

겨울이 가고
봄이 오면 환희에 꿈을
마음껏 펼쳐야지
봄꽃 속에서.

질경이처럼

너는 견고하다

짓밟히고 짓눌려도
늘 새로움을 창조한다

생명을 비유하고
삶을 추상하며
하나의 잡초인 강인한 질경이 같이 살련다

굳건한 생명력에
끈끈한 몸
환경 지배적 욕구 없이 잘 자라는 질경이
나도
그런 삶의 이념을 갖고 살았으면 참 좋겠다

대지의 공간에서
희망의 꽃대로 피워
향기의 씨앗이 되었으면 더욱 좋겠다.

비 오는 날

비 오는 날
너는 슬픔이 되어
내게로 왔다
고독으로 뚝뚝 창을 적시네

떨어져
주룩 흐르는 빗물

외롭다
네 가슴에 닿으면
그냥
툭 털어버린 너

언젠간
비 오는 날이면
또다시
비가 되어
네 가슴에 조용히 떨어지겠지
네 빗물이
나의 눈물처럼.

하얀 백조

날아라
저 푸른 하늘로
자유로이 마음을 띄워놓고
백의(白意) 천사 같이
날개를 저며 높이 날아라

훨훨

꿈의 깃발을 세워
아름다운 창공의 빛처럼
허물없이 마음을 털어 버려라

자유를 만끽하고
지상의 낙원으로 낙하하여
희망의 영혼에 사로잡혀
나는
하얀 백조가 되리라.

긴 겨울이 가면

겨울이 가면
저 태양의 빛도 달라지겠지

창문에 낀 서리도
사르르 녹아내리면
내 마음에 낀 성에도 다 녹아내릴까

소리 없이 다가온 따뜻한 남풍은
마음의 소용돌이 속에서
꽃향기를 품어 내듯
얼었던
긴 겨울을 핥아 내고
새로운 씨앗의 촉 내민다.

사랑

너이고
나인데
마음이 왜
네게 자꾸 쏠릴까

그리움 채우려
네 모습
가슴에 듬뿍 안고

내 곁에 머문 넌
나의 사랑이고 나의 행복이다

꿈꾸듯
널 삼켜야 하는 것도
널 내 심장에 담아
심장의 주인이 되게 함이야.

삶의 희망

늘
내 속에 그대가 있었다
봄 같은 꽃향기
계절마다 각기 품으며
겨울엔 하얀 해맑은
사랑에 눈꽃송이처럼
포근하게 가슴에 스미었다

운명의 끈처럼
마음을 엮고
흐트러진 망고의 끝에
새로운 희망을 실었다

미래의 실현을 접어둔 채
현실의 테두리 안에서
서로가
삶을 회구하고 있구나

끈 풀린 동화 줄 모양
이리저리 둘둘 말린 형체들이
엮이고 엮여
그렇게
삶을 추구하고 있구나
현실의 바탕 속에서.

등산

헉헉거리며
산 능선을 따라
정상에 다다랐다

바짝 메말라 버린 계절
텅 빈 골짝 골짜기마다
울려 퍼진 산울림에
마음의 문을 활짝 열어 보았다

쾌활한 마음은 사방으로 퍼지고
시원한 산바람은
내 마음을 감싸 안고
운무 속으로 감겨 버렸다

풍차의 곡예처럼
산 중턱에 걸쳐진 마음들은
춤을 추며 날아가네!

사연

대뜸
호탕한 소리로
크게 한번 웃어 보지만
쓴잔에 가슴 맺힌 아픔이더라

저만큼 멀어진 사연들
저 하늘빛에 에워싸여 외로울 때마다
바라보는 밤의 요정들
하얀 웃음의 미소뿐
마음의 갈망 해소할 길이 없더라

별을 보고
달을 보고
그리운 사연
미소 가득 짓고
웃음 지으며
바라 보라 하네!

고난을 겪어야 희망이 온다

늘 꿈만 생각지 말고
절망과 좌절
그 어려운 난제를 겪고
일어서자

날도 가고
달도 가지만
해가 가고
해가 오면
자칫 잘못하면
그 속에서 인생 허덕이다
결국 모든 것 사라지고 만다
바람처럼
그렇게

바다의
파도에도 큰 의미가 있듯
오늘이 파멸되고
내일이 깨 부서져도
기회에는
더 큰 희망이 찾아온다.

첫눈

강물
은빛 파장처럼
가슴 설레는 비설이 가로등 불빛에 반짝인다

여인의 천사처럼
밤거리에 살포시 소리 없이 내리네

저 대지의 공간에서 춤을 추는
백의의 여인들이
거리에 온통 하얗게 쌓이고 있다

사랑의 포근한 가슴처럼
그 속에
얼굴을 묻고
첫눈에
첫사랑같이
살포시
너를 영접하고 있다.

세월 흘러간다

시간은 기다림 없이 지나간다
오늘의 하루는
인생 선별 없이
훌쩍 뛰어 넘어가네
어쩌랴
나의 한탄은
삶의 꾸짖음으로 빗대며 흐르고
강물도
구름도
세월 가듯 흐른다
오늘이 가는 것처럼
내일의 약속은
또
그렇게
하루하루 흘러간다.

지나온 기억들

오늘이 가면
내일을 기다린다
순간이 지나면
다시 돌릴 수 없는 이별
긴 세월의 아련함이
추억의 여정으로 남기누나

가슴 깊이 파고든 언어들은
내 육신을 갉아
영혼까지 파멸에 이르고
분별없이 헤매던 그리움들은
어두운 밤
암흑의 춤사위가 되었다

깊은 곳
볼 수 없는 속내들
가만히 숨겨둔
애환의 연심들이다.

공상

하늘이 무상하니

푸른색으로 덧칠하여

사방이 둘러싸인

빈 곳에

허공에 그림자뿐

여기저기

상념의 공상은

하늘 끝부분에 매달려 있고

울룩불룩한 산봉우리에

솔가지만 한들거려

이맘 걸린

저 능선엔 천상의 빛만 바라보고 있다.

나그넷길

나는 가야 하고
이 험난한 길이
어찌 내 마음 평탄할 수 있으리오
끝이 없는
나그네의 발자취

걸어도
닿을 수 없는 곳
쫓아도
가까워짐이 없는 곳
평생 걸어도
인생은
나그넷길이요
그 나그네는
오늘도
그길로 걸어간다.

여기에서

끝없는 곳을 걷다
여기에 멈추었노라
그곳엔
봄 여름 가을 겨울
수많은 세월 다 가고 느껴도
다를 바 없는 곳
여기서 쉼 하리

물 좋은 곳에서 물 마시고
산 좋은 곳에서 맑은 공기 마시며
사랑을 마시며
그렇게
즐거이 살리라

인생에 꿈 심은 곳에서
온화한 마음으로
덧없는 세월을 보냈느니라

지금에야 나
바람처럼
물처럼
그렇게
흐르면서 조용히 살련다.

파도

파도여
심란한 빛줄기 타고 밀려오는
고독의 형체들이
철썩일 때마다
파도의 의식은 부서진다

깨어지고
흐트러져도
마음의 일각 속에서
사라질 수 없는 것들
저 파도의 너울에 띄운다

갈매기 넋을 부르고
해풍이 내 육신에 스며들 때
의중의 생각들이
숙연하게
저 바다를 조용히 바라보고 있다
파도여.

세월

뜬금없이
세월만 자꾸 탓하고 있는가
보내는 것도 아니고
저절로
자연스럽게 흘러갈 뿐인데
왜 자꾸 세월만 탓하고 있는가

미련 때문일까
아픔 때문일까
하지 못한 서러움 때문일까

세월
어찌하겠소
어차피 한세상 가야 한다면
웃으며 즐거이
보내시구려.

무언

청산에 부는 바람
저 맑은 창공을 뚫고 지나가고
창공에서 부는 바람
저 청산을 뚫고 지나가네

근심으로 쌓인 무언들이
마음을 얽혀 매어
깊은 심상에 뿌리 박혀
가래질을 하는구나!

가을 그리움

고운 단풍잎에
이름 석 자 적어 놓고
아름다운 그 날 생각에 잠깁니다

세월에 익어
붉게 물든 입술에
살며시 입맞춤도 해 봅니다

그리움이 쌓여
이 가을을
참 아름답게 가고 있어요

그 어느 때
가을이 오면 고운 단풍잎에
임 모습 그려
보내기 싫은
이 가을은
또 힘들게 보내야 했습니다.

잠 못 드는 밤

늦은 밤
흐르는 범람한 언어들이
가슴속 스미는데
잠 못 든 밤에 홀로
사모한 임 고독을 삼킨다

그대는
이 마음 어쩔 텐가

침묵으로 흐르는 영미 서러움이
창으로 스멀거리며
고요의 무언이
내 마음 꼬집어
상처로 남는다는 걸

캄캄한 밤
연정이 흐르고
고독의 이 밤에
저 삭풍으로 나부시 띄워보네
그대 심전(心田)에 뿌리고 싶구나!

아름다운 미소

그대

액자엔

미소 짓는 얼굴이 보입니다

보고 또 보고

꽃처럼 화사한

그대 향기는

금세

내 마음을 꽉 채우고 말았습니다

매일 바라보며

미소에 화답하고

그냥

멍하니

넋 나간 사람처럼

바라만 보고 있습니다.

뜸들이는 인생

삶이 꿈처럼 흘러가고
인생이 연극처럼 펼쳐져도
지금 내가 머문 곳에서 잠시 뜸을 들이며
숨을 고르고 싶다

저 가파른 언덕길을 걸을 때도
어둠 속에 굴곡진 길을 걸을 때도
앞이 보이지 않는 저 황량한 길에서
가끔 뜸을 들이고 쉬어가며 걷고 싶다

사계절이 지나고
겨울의 나목처럼
모든 걸 떨군 채 홀로 외로이
생유(生有)의 촉을 기다리는 나목의 숲에서
뜸을 들이며 쉬고 싶다

인생의 깊이에서 허덕이다
내 삶의 뜸을 베고 조용히 쉼을 하고 싶구나!

제목 : 뜸들이는 인생
시낭송 : 박영애
스마트폰으로 QR 코드를 스캔하면
시낭송을 감상할 수 있습니다.

고독이 흐르는 밤에

별빛 깜빡이는 밤에
무수히 흐르는 외로움

고독의 빛으로
어둠을 감싸 안고
별빛 떨어지는 걸 나는 보려 한다

풍연(風煙)에 어리는 조각난 빛들
밤새 혼비백산
마음으로 파고드는
암흑의 영감들

나는 흐르는 침묵에
조용히
고독의 밤을 헤매고 있다.

동행

혼자인듯하여
뒤돌아보았습니다.

너무나 많은 것들이
소중한 것들이
나와 같이 가고 있다는 것을
나는 알았습니다.

그때부터 외로움을 떨쳐 버리고
열심히 걸어가는 것을 배워
자연과 동행하면서 걷고 있습니다.

봄 여름 가을 겨울로
삶의 길을
배우면서
외로움까지 동행하면서 걸어갈 겁니다.

이렇게
길을 걸으니
세상이 참 아름다워 보입니다.

임의 향기

봄날에 기다리던 님의 향기가
가슴 가득 안겼습니다

무던하게 여름을 잘 견디고

가을의 잎 속에서
조금씩 향기를 잃어버리고
아름다운 채색의 미가
찬 서리에 녹아
그리움으로 둘러싸인 채
그대 향기의 빛
가을로 짙게 무르익어 가고 있습니다

하늘의 울에 싸여
매 즐거워하던 것이
나뭇잎 떨어져 이별 나누고
찬바람으로 그냥 울먹입니다
봄임 향기를
잃은 채.

단풍잎

저 가을을 보았는가
불붙은 정열의 빛들을
활활 타는
이 욕정의 가을은
내 마음의 그림

강물에 품은 천연의 빛은
조각조각 색칠하여
고을을 붉게 비춰누나

강물에 혈연들이
단풍잎 속에 물들었다가
그 본색을 조금씩 잃어
그 빛이 퇴색되고 마는구나
한 잎 한 잎 갈색 잎으로...

유혹

만지면 느끼고
보면 즐기는
아름다운 높낮이도 있더라

한참을 보다가
눈을 떼니 금세 또 보고 싶구나

땅에서 피어나 하늘을 보니
빛이 아름다워 눈을 뗄 수가 없어

바람에 한들거리며 연신 품어 내는 건
나를 유혹시킨
너에 향기뿐이라네!

그리운 고향

옛적
내 살던 곳에
꿈 심어 놓고
하늘빛 스민 곳에
내 마음 놓아두었습니다

앞산에 진달래
선홍빛 물든 곳에
그림자 서린 추억이 뿌리 박혀 아직 숨 쉬고 있네요

긴긴날
가슴 젖히며 놀던 세월
송아지 풀 뜯던 곳에
지금에야
또다시 그리워지네요

서녘에 물든 노을
내 마음으로 비칠 때
꿈을 그리며 기다리던 곳
그곳으로 다시 가고 싶습니다

놓아둔

긴 세월 주우려

나는

옛적 놀던

그곳으로 가고 싶습니다.

향기 찾아 떠나리

나는 갈대와 나무처럼
그렇게
흔들린다
갈대밭에 가면 갈대처럼 흔들리고
숲속에 가면 나무처럼
그렇게 흔들린다

나는
꽃밭에 피는
꽃향기가 되고 싶다

임의 꽃처럼 피어나는 아름다운 향기가 되고 싶다

바람이 불면
그렇게
임 곁에 달려가리
사랑의 향기로...

가을의 끝자락

끝의 이별이다
이 가을의 아름다움
속절없이 지나가는 푸른 세월

사색의 선을 그어놓고
계절의 길목에
낙엽 잎 밟으며 지나가는
내 마음도 섧구나

잎새의 끝자락에
매달린
잎 떨어진 상처의
그 아픔을
바람
너는 아느냐

바닥에 나부시 깔린 낙엽의 잎들이
어느새
가을의 슬픔을 모두 잊은 듯
천공으로 날아
너를 따라 훨훨 가고 있네

천상에 여인처럼
그렇게
훨훨 날아가고 있네!

가을은 가고 있다

온통 가을에 휩싸였다
오는 가을
가는 가을
그냥 바라보고 있네

쓸쓸한 마음에
시를 읽으며 고독으로 바라본다

오색 물든 잎들
저 바람에 춤을 추고
인연은 찬 서리에 이별이다

홀로 잎새 떨구고
나목의 외로움도
밝은 빛바랜 설렘의 온기로
이리저리
가을을 태워
저기 저
붉은빛으로 보낸다

이 가을은
또 그렇게 쓸쓸히 가고 있다.

계절의 설렘

괜시리
마음이 설렐 때가 있다

계절의 탓일까
잎 떨어진 나목의 외로움 때문일까

널브러진 잎들이
거리에 이리저리 뒹구는 낙엽처럼

마음에 쌓인 그리움들이
아름다운 낙엽의
조각이 되어
마음을 조용히 읊조려 본다

계절의 변함이
아름다움으로 영입 시켜
즐거움으로 바라보는
그 마음이
계절의 설렘이 아닐까?

코스모스

가을이면
내 마음의 꽃길 코스모스
정형적인 곳에
가녀리게 피어있는 가을
문턱이 향기롭다

거리에
꽃잎 향기 듬뿍 담아
가녀린 꽃대
갈 바람에 너울의 파도
거기에
고추잠자리까지 나부시 앉아 가을을 즐기누나

높푸른 하늘에서
찬 이슬 나부시 내리어
목마름에 머금은 꽃잎 코스모스
그 어느 날 가엽게
기약 없이 꽃잎은 시들어 떨어지고 만다
가을을 남기고
가을이 끝나는 날에.

가을 고독

내가 가을을 좋아하는 것은
고독을 즐기기 때문이다

붉게 물든 단풍잎이
외로운 마음에 채워 넣고
떨어지는 가을 낙엽에 이별을 고해 본다

떠남의 빈자리에
쓸쓸함이 메워질 때
홀로 인 듯 불어오는 바람
속살에 스미어
해지는 살갗이 단풍잎처럼 붉게 물드는구나

가을을 보내고
저 붉게 물든 단풍잎이 날리어
찬 바람이 스칠 때
나는
붉게 물든 상처를
고독으로 씻어 내린다
이 쓸쓸함을
가을 속으로 보내기 위하여.

 제목 : 가을 고독
시낭송 : 박영애
스마트폰으로 QR 코드를 스캔하면
시낭송을 감상할 수 있습니다.

고백

당신이 좋아하는 것
언젠간 당신이
내게 말을 했지요

당신을 사랑해 하며 말해 주는 거
제일 듣기 좋다구

그래서
오늘 당신께 그것을 선물하려 합니다

늘 사랑을 빗대는
그때와 달리

오늘은 당신께 고백합니다

당신을 처음 만난 날부터
늘 사랑해 왔지만

지금도
그때와 같이
늘 당신을 사랑한다고.

내가 사는 곳

나는
내가 사는 곳이
저 푸른 하늘빛 같은 바다
저 우뚝한 푸른 강산을 볼 수 있어 참 좋습니다

자연 속에 어우러져
숲속에 산새와 계절마다 곱게 피는 꽃의 미소들을 볼 수
있어 참 좋습니다

저 맑은 공기와
창백한 빛들이 스며든 아침에 눈부심이 있어
나는 너무 행복해요

가끔 솔 내음을 맡으며
숲길을 걸을 때
그 무엇을 생각하며 황홀에 빠져
내 영혼을 빼앗길 때도
나는 너무도 행복합니다

그런 사소한 것이
내 사는 곳에 있다는 것이
자랑스럽네요.

잎 떨어진 상처

인생의 가을은
고독을 즐기는 계절
이 풍성한 계절에
마음이 허한 것은
잎 떨어진
이별이 있기 때문일 거야

오색 빛 아름다움도
마음의 장식
열띤 눈으로 바라보고 있지만
떨어지는 낙엽에는
상처의 아픔이 있다

바람 불어 짓밟혀도
부서지는 낙엽 소리뿐
조각조각 찢어진 상처에는
그 푸른 시절에 쌓인 그리움의 원성이 울고 있네
쓸쓸한 고독을 바라보면서,

평원의 꽃

염원 속에 꿈꾸던
시간의 바램
현실의 도피에서
마음으로 갈구하고 있는
자아적 마음으로 살아가는 나

세상 평원의 기둥에 뿌리 박혀
삶을 추구 하듯이
저 넓은 우주의 공간에 희망을 심어 공헌을 이루어 보자

오늘의 공덕이 꽃피고
내일의 희망을 주워 담듯
삶은 하나하나 생명의 씨앗으로 가꾸며
저 넓은 평원의 꽃이 된다.

노을빛 사랑

가을 잎
짙은 언덕에
노을이 붉게 물든다
석양에 비친 호숫가에
낙엽 잎 떨어질 때

강물에 어리는 물그림자
어둠 속에 가라앉아
그 위에 살포시
가을 시에 잠든다

호수가 갈댓잎 둥지에
보금자리 치는 텃새와 같이
가을 사랑은
이렇게 노을로 묻히어 넘어간다.

가을이 오는 문턱에서

지금 여기에
파란 하늘빛 속에
구름 한 조각 흘러가고 있다
평화로운 하늘의 가을
고요도 하구나

저 넓은 들판에 채색으로 익어 가는
빛 속에 성심들
소망을 갈구하며 바라보고 있는 눈빛
저 아름다운 창공의 빛에 서린다

이 광경
눈의 초점으로 가두어
회화(繪畵)의 영상으로 벽에 걸어 두고 싶어라

가을이 짙어지는 걸 보면서
우리의 기다림도
이 가을과 같이 조금씩 무르익어 가고 있겠지
저 파란
가을 하늘과 같이.

동해 바다

백두의 줄기에서
희망이 기어 나오듯
우리들의 얼
기상의 빛이 되리
해풍은 송목(松木)에 휘감겨
저 동해에 낙원의 빛으로 뿌려져
바다의 초석에
붉고 밝은 여의주가 떠오르네

찬란하다
푸른 동해 바다
저 수평선 위로
일출이 피어오를 때
젊음의 용혈이 솟구쳐
파도의 가슴으로 끓어오른다

팔경으로 자리 잡아
평상에 뿌려 놓은 글귀들
해무로 날리어
저 넓은 동풍으로 날아가네
꿈이여!

틈새

홀로
가을빛에 앉아
천상을 바라봅니다
고요한 하늘은
틈 하나 없이 굳게 닫혀있는데
내 마음은
그 틈을 조금 열어 두었습니다

쓸쓸하고
외로운 가을 잎 소리
깡마른 갈댓잎 스치는 고독
그리움을 마시며 기다리는
그대 사랑
곱게
단풍잎에 물들어
마음의 틈으로 파고듭니다

찬바람에 가을 잎이 떠나고
아름다움이 퇴색되어
본연을 잃어버리면
마음의 틈도 조용히 닫히겠지요
저 하늘처럼.

안개꽃 피는 곳에

구름이 걷힌다
저 파란 하늘빛에
구름 꽃이 피어나
너울거리며 흘러가는
빛의 인생처럼
바람 따라 훨훨 떠나가는구나

어디에서 머물러
생의 꽃이 피어날지
광은의 빛이 되어
넋의 광채로 비추어 보아라

저 산수화의 그림처럼
안개꽃 피는 곳에
빛줄기로 곱게 피어나
오는 이 가는 이
기쁨 듬뿍 담아가라.

별빛 떨어진 밤에

별이 흐르는 곳에 앉아
강물에 떨어지는 별을 바라본다
바람에 살랑거리는 은빛 물결 위에 윤슬의 빛이 일고
그 은빛 물결 위에
내 마음 떨구어 놓고 일어선다
잔잔하게 물 위에서 조용히 흐르기를 바랄 뿐
별빛이 흐르는 것처럼
내 마음도 그렇게
흘러서면 좋겠다.

사랑하니까

있잖아요
사랑하게 되면
그리움이 자꾸 늘어난다지요

그리고
언젠가는
또
이별이 찾아온다지요

이별의
슬픔은 싫어요

난
사랑만
그리워 하면서만 살래요

당신
생활의 절반이 내 거듯이

내
생활의 절반도 당신 거니깐요.

코로나바이러스

무색의 그림자
자유의 공간에 뿌려져 있는
무미한 공기를 마시며
열병에 앓는
인간의 생활에 깊이 파고들어
삶을 능욕하고 있구나

세월에 녹아야 하는
부스러기 같은 낡은 균에
육신의 생식을 갉아먹는 좀 같은 부식이다

긴긴날
꿈으로 가야 하는 생을
바이러스의 위협에 쫓기어
저 벼랑 끝에 갇히고 말아야 하는 인간의 나약함 인가 보다.

밤바다에서

세상은
모두 나의 것
보는 것이
들리는 것이
모두가 아름다운 윤슬의 빛

풍광의 모습들이
저 천상에 모두 품어
역량의 지혜 속에
너에
그
아름다움을 모두 포용했으면 좋겠다

마음의 밤바다에서
반짝이는 별의 빛 속에
철썩이는 파도의 유영을 바라보며
이 밤도
너와 단짝으로 이 밤을 속삭이고 싶구나!

행복을 삽니다

행복을 사려 거울을 본다
누구의 빛이 보이는데
그 이름이 나였을까

사랑은 애절한 숨소리에 혼미 백산 하면서
내 곁을 맴돌다
그 빛 속으로
나는 사르르 스며드네

세월 속에 흐르는 무풍이
끝없이 피워 올라
저 높이 바라볼 수 있는
창공에 빛이었으면 참 좋겠다
행복의 꿈처럼

나는
그 꿈의 행복을 사려 떠납니다
끝없는
미지의 속으로.

여름에 온열

지구를 둘러싸고 있는 푸른 바다도
저 뜨거운 여름의 열기를 식힐 수 없으니

광야의 마음에 펼쳐 놓은 젊음의 태양을 어찌 식히겠소

북방에서 빙하로 불어온 바람도 이 열기에 삶기어 그 자리에서
조용히 멈추어 버리고 말았네

하늘에 빛은 점점 붉게 온기로 달구어지고

육신의 몸은 피부로부터 흔열동통이 일어나 이 여름을 진(津)
육수로 멱감을 하고 마는구나!

사모의 마음

창밖엔 비가 내린다
시간의 흐름만큼 비도 뚝뚝 떨어지네
초록 잎 풀잎에 톡톡 튀기며
속살을 간지려
포말처럼 땅에 떨어진다

그리운 이 마음
연이어 떨어지는 빗소리에 울려
침묵을 조용히 지키는
피어오르는 커피 향에 상심을 내려놓고
창문에 떨어지는 빗방울을
조용히 바라본다

사모의 마음들
빗장에 걸리고
밤새 떨어지는 낙숫물에
새벽닭 우는 소리도 멈추었나
임 그리움 잃어버리고
새벽 동녘이 트는구나!

지금은

지금은
마음을 펼쳐
구겨진 종잇장을 펴듯
세월의 마음을 하나씩 적고 있다
각질을 벗어
하얀 글씨를 쓴다

동그라미를 그려
그 속에 내 모습을 넣어
거울 속에 빛처럼
그렇게 비추어 보고 있다

지금은
하늘을 보며
세월의 범(犯) 속에서
저 계곡에 흐르는 맑은 물처럼
불어오는 바람을 따라 멀리 떠나고픈 마음뿐이다
저기 비추는
지금 괭이 보이는
그곳으로.

안개

구름이 흐르면
저 하늘에 하얀 옷이 벗겨진다
형상의 깃털이 하나둘 흩어지고

두둥실 피어있는 꽃구름
흐르다 머문 곳에 빛이 피어날 때
푸른 잎들의 향기들은 저 높은 천상(天上)으로 피어올라
불어오는 바람에 휘어 말려 버리네

대지에 뿌려 놓은 메마른 이슬들이
사랑의 강물에 떨어질 때
이별의 흐름은
저 넓은 호수의 안개가 되어 산자락에 펼쳐지고
저 강물이 모인 평온의 늪에서 아름다운 수채화의 그림으로
피어오른다.

매미의 존재

날씨가 더워 여름인가
물이 그리워 여름인가

요즘 매미가 울지 않아 여름 가는 줄 모르고
그냥 세월 보내며 따라가는 것 같은
계절의 의미
바람만 조금 불어도
피부로 느끼는 계절의 환각
시대적 변화인가
지구의 망각인가
잃어버린 옛것을
저 뜨거운 여름빛에 전시된 채
여름의 상징
그 시원함을 느낄 수 있는
매미 울음의 음률을 찾고 싶다

울음의 종류에 따라
여름의 의미가 다르듯
그 풍류에 흐르는 의미의 사랑도 다르다
그 뜨거운 열기 속에서도
매미는 아름다운 음률의 노래로 사랑을 부르듯이
그때
아름다운
그 여름을 찾고 싶다.

산골 이야기

쉼의 자리
짙은 커피 향에
빵 구워 익어가는 내음
자유의 공간에 젖어 드는 미각에
아름다운 음률이 흐르고 있다

문 틈새로 새어 나온 향기 풍기는 초원의 뜰
송송한 풀잎에 살며시 내려앉아
바람으로 연신 날린다

뜰 앞 텃밭에
청초한 풋 내음의 사과
빵 구워가는 향내를 듬뿍 담아
새록새록 익어가고 있구나

저 찬란한 불빛이여
짙은 향기여
초원에 뜰에서
이 밤의 음률로 노래하며
오늘의 쉼터에
아름다운 미담으로 남겨 보자!

시간은 나를
기다려 주지 않는다

손영호 제2시집

2021년 8월 13일 초판 1쇄
2021년 8월 18일 발행
지 은 이 : 손영호
펴 낸 이 : 김락호
디자인 편집 : 이은희
기 획 : 시사랑음악사랑
연 락 처 : 1899-1341
홈페이지 주소 : www.poemmusic.net
E-Mail : poemarts@hanmail.net

정가 : 10,000원
ISBN : 979-11-6284-304-8